KB203454

한국예술인 복지기금으로 출간

# 폭풍 같은 시간

폭풍 같은 시간

황성주 시집

39

시와정신시인선

시와정신사

# ■

## 시인의 말

꽃이 흐드러지게 피는 봄에도 복잡한 사람의 계절은 어수선하다. 치열한 경쟁으로 성장하고 활력을 얻기도 하지만 빈부 차이 신분 차이 서열 차이로 시달리는 이들이 있어서일까. 어이없는 사건사고들을 일으키는 이들과 일확천금을 꿈꾸는 속임수들이 있기 때문일까. 하루도 아프지 않고는 살 수 없는 가슴 달래려 누군가를 찾아가도 생각 차이 감정 차이 오해를 넘지 못하고 서먹하게 돌아서던 기억이 있어서일까. 아름다운 열정, 자유, 깃발, 예능과 재능, 너그러운 눈빛들이 한없이 필요한 집단지성의 초석이 미약해 그런 걸까. 아니면 모르는 건 바다 같고 아는 건 한줌 반딧불 같아 천신만고 끝에 도착한 곳일지라도 무언가를 찾아 다시 떠나야 하는 외로움 때문일까. 속절없이 가는 시간에 뜻대로 되는 게 없는 이 숨찬 날들도 돌아보면 하룻밤 꿈결이요. 화무십일홍 같은 축제인데 왜 이리 가슴시리고 고단한지 모르겠다. 죽음으로부터 태어나 쫓기듯 사는 불안함을 마법처럼 바꿀 수 없는 한 아우성은 피할 수 없을 거다. 그래도 인정사정으로 얽혀 사는 인생사 안팎을 담아보려고 나름대로 애써온 셈이다.

2022년 한여름 황성주

차 례

제1부

# 목소리

금문교 난간에 오른 아이 하나
술 마시고 춤추다
저녁 금빛파도 위로
비명을 뿌리며 낙엽처럼 떨어지는데
자유의 여신상을 지키던 총총한 별들은
길 잃은 아이들을 슬쩍슬쩍 감춘다
그 은밀한 시간에
누군가는 현란한 불빛 맨하탄으로 이어지는
길가의 창을 열고
희망이 있는 한 시간낭비 마라 속삭이지만
그래도 아이들은 세상 굴러간다는 걸 알고 있듯
원색불빛 아래 술 마시고 춤추며 몽환처럼 비켜간다
희뿌연 영화 속 아이들과 중첩된 병사들은
인생의 의문 하나 변변히 건드리지도 못한 채
폭우 속 빗발치는 총알에 피를 콸콸 흘리다 죽어
정글에서 바다로 흘러 제 집으로 향하는 걸
어린 물뱀과 외롭게 지켜보았던 긴긴 월남의 밤을
반세기가 지난 지금도 몸을 비틀고 게워낸다
움켜쥔 짱돌 팽팽히 던지면
저 깊은 어둠을 쭉쭉 뚫고 날아가

아이들을 감춘 별에 닿을 수 있을까
두 팔 늘어뜨리고 돌아선다

# 아픔을 넘어 빛나는

오늘은 맑고 깨끗한 문장으로
가난한 문인들 일상을 그린
친구 김은신의 단편소설
「강호江湖의 문사文士들」을
읽은 날입니다

그의 소설에 등장하는 문인들은
작고 불규칙한 원고료 가지고는 살 길 없어
겸업하기도 하지만
여의치 않는 한 소설가는
길가에 채소 몇 가지 내다 파는 꾀죄죄한 아내와
옥탑방에서 시달리다 치매에 걸려
입버릇처럼 한번 가서 살아봤으면 좋겠다던
지리산자락 구례를 헤매는 걸
가까운 동인들이 데려와 병원에 입원시키는데,
나는 이 쓰라린 장면을 읽는 내내 가슴이 아팠습니다
하지만 이야기는 여기서 끝이 아니라
도시의 소리들이 사그라지는 깊은 밤이면
옥탑방 문인들은 기다렸다는 듯이
타다닥 탁 타다닥 탁 아름답고 슬픈

컴퓨터자판 두들기는 소리를
굶은 광대들 호흡처럼 시합처럼
또렷하게 들려줍니다

# 전화

전화를 받는다
-안녕하세요.
작가들 실태를 파악하는 문화부 직원입니다.
선생님은 희곡을 쓰시나요?
-아니오. 시를 씁니다.
-그렇군요. 뜻 깊은 일을 하시는데
저희가 조금이라도 도움될 게 있을까요?
-고맙지만 없습니다.
-선생님 수고하시고 건강하세요.
예상치 못한 이가 요술 부리듯
대전 옥계동 비탈동네까지 찾아와
낯선 내 작은 방 고적함을 쓸어낼 듯
생생히 머물다 간 여운에
가볍게 떨리는 손으로 스마트폰을 내려놓으며
목마름의 경솔함을 따지다가
아무도 찾아오지 않는 집은 쓸쓸한 무덤 같은 곳,
오실 수 있다면 자주 오시고
고운 발길로 가시구려
그리 뇌까리다 누군가를 무언가를 위해

두어 줄 써도 좋을 것 같아
컴퓨터 책상 앞에 앉는다

# 폭풍 같은 시간 1

순간을 쪼개면 쪼갤수록
빨라질 속도 그 블랙홀 같은 심연에는
핵분열처럼 결합했다 부서지는
소용돌이가 몰아쳐
구원의 손길 같은 아이의 검은 눈동자도
생생한 여인의 붉은 입술도
잔잔히 흐르는 음악 소리도
어이없이 다치고 무너지고 추락하는
슬픔을 넘을 수 없어
빛보다 빠른 순간들을 사락사락 밟으며
이 골목에서 저 골목으로 사라지는 이들
아련한 모습을 바라보다
질서가 무질서요 무질서가 질서인가 되짚다
설레는 가슴 목소리로
사랑하고 임신하고 아이를 낳는 폭풍 같은 시간은
순간순간 살고 지는 욕망 끝에 흩어지는데
심장박동 소리를 가진 기억은
돌아갈 수 없는 추억들을 끌어와
그림을 그리게 하고 글을 쓰게 하고
노래하게 하고 땀 흘려 일하게 하는
동력으로 흐른다

# 폭풍 같은 시간 2

복잡정밀한 몸에서
하루 삼천삼백억 개의 세포가
은하수처럼 피고 진다는데
그 예민한 파도가
생명의 현재요 과거요 미래라면
유혹의 숨결 같은
날카로운 찌르레기 소리를 위해
요염한 여인의 자태를 위해
얼마나 많은 시간이
빛보다 빠르게 요동치며
폭풍처럼 결합했다 소멸하는 걸까
어둠이 깊어야 선명해지는 별빛처럼
살아 있음은 뻐근한 욕망으로 빛나는
변화무쌍한 사건사고들이요
가슴 시린 눈물이요 미소요 그리움이요
혼자서는 갈 수 없는
외로운 바다 어디쯤이다

* 시간은 얼마나 빠른 속도를 가졌을까. 사람이 인지할 수 있는 한계는 빛보다
빠른 순간일 게다. 하지만 나는 그보다 빠르고 깊은 심연을 느낀다. 사람 몸에서
피었다 지는 눈빛 미소 목소리 그 순간의 파도가 생명의 현재요 과거요 미래라면
하루 일상을 위해 얼마나 많은 시간의 에너지가 오가는 걸까. 나는 「폭풍 같은
시간」이란 두 편의 시를 쓰며 시간의 본질에 접근해보려 했다.

# 동행자

눅눅한 골목길을
절룩절룩 가는 이를 향해
어딜 가느냐고 묻는 이가 있다
–나요? 지금 죽으러 가는 길이요.
–죽다니요? 참고 견뎌야죠.
–같이 가겠소?
–살날 창창한데 미리 죽기는 싫소.
–아니오. 태어나는 순간부터 죽으러 가는 중이니
우리는 동행자요.
–동행자?
–누구는 백화점에서 쇼핑을 하고
누구는 식당에서 점심식사를 하고
누구는 이삿짐을 싣고 달리고
누구는 관에 실려 화장터로 향하고
누구는 어두운 방에 웅크려 울고
누구는 여행을 떠나려는 외로운 순간들,
그리움 하나로 버텨온
이 좁은 골목길이 왜 이리 버겁고 불안한지 모르겠소.
목이 타는데 어디 선술집이라도 들러
막걸리 한 잔 하는 게 어떻겠소?

-듣고 보니 맞는 듯하오.
아침에 맑았던 하늘이 오후에 먹구름 끼더니
저녁에 비바람 몰아치는 고단한 세상 그럽시다.
정에 취하고 술에 취하고 슬픔에 취하지 않으면
이 멀고 먼 길 어찌 다 가겠소.

# 두 광대를 향한 나의 슬픔

그곳에는 기타를 치며
노래 부르는 한 쌍의 가수가 있었다
그들을 찾아갈 때마다 애끓는 노래 소리에
지친 가슴 달래주는 건 음악 뿐인지도 몰라.
그리 중얼거리다 돌아오곤 하였는데
어느 날부터인가 한 사람은 보이지 않고
여가수만 홀로 남아
가슴 아리게 노래 부르고 있었다

춥고 배고픈 날들을 참고 견디며
꽃잎처럼 빛나던 두 광대를 위해
외롭고 불안한 가슴 조금이라도 덜어줄
얼개 촘촘한 체크무늬 셔츠 두어 장
구해볼까 했는데
그녀마저 떠나 보이지 않았다

하루도 후회 없이는 살 수 없는 날들이지만
오늘따라 그들이 사라진 텅 빈 광장에
쓸쓸히 부는 바람 왜 그리 환장하게 슬픈지
돌아서기 힘들었다

# 가고가도

바람처럼 빠른 말은
소통을 꿈꾸다 사라지고
의미심장한 책은 생각하게 하지만
산다는 건 가고가도 끝없는 길
날개 없는 몸 질퍽이며
천신만고 끝에 도착한 곳일지라도
쉴 곳 머물 곳 아니어서
다시 무언가를 찾아 떠나야 합니다
전쟁 같은 아침이 밝아오기 전에
갈림길을 방황해 온
그대 쓰라린 이야기를 듣고 싶습니다
하지만 가슴에 상처를 묻고
조심조심 사는 중이라 어렵다는 거 알겠어요
돌아보면 앞선 이나 뒤처진 이나
외로운 뒷모습 감출 수 없어 기댈 곳을 찾지만
조건 없는 사랑은 보이지 않아
기다리다 지친 길가 어디선가 들려오는
애달픈 노래 소리에
빈 가슴 달래며 스쳐갑니다

# 구속과 해체

사물과 생명체를
화폭에 담고자 한다면
유무有無를 가르는 필선必線처럼
기본 틀을 잡은 후
절묘하게 채색해
보는 이로 하여금 빛과 어둠이 어우러진
생생한 생명력을 느끼게 해야 하고
흐느적거리는 움직임도
음산한 고독까지도 놓치지 말아야 합니다
하지만 아무리 의미심장한 그림일지라도
뭉클거리는 가슴과 사유를 가진 화가와는 달리
귀 기울여도 심장박동 소리는 들리지 않습니다
선에 갇혀 태어나 살다 가는 생명들은
변화무쌍한 톱니바퀴처럼
구속과 해체를 반복하며
이파리를 돋아나게 하는 순간들이요
먹고 마시고 배설하는 순간들이요
슬픔이요 희열이요 바람소리요
그리움을 찾아 떠도는
꿈같은 물결입니다

# 방랑자

푸른 달빛 아래
화려한 관冠이나 옷보다
집 앞 개울가에 핀
야생화를 그리워하는 당신은
연인에게 보낸 편지의 답신을 기다리는
애절한 가슴 같아요
흐르는 구름 위에서 보면
당신은 먼 바다를 흰 점처럼 표류하며
항구를 그리워하는 돛단배
거친 파도 비바람을 헤치며
사람들이 웅성거리는 포구에
가까스로 닻을 내린다 해도
당신은 여전히 긴 그림자를 이끌고
작은 섬 가파른 언덕을 떠도는
늙은 염소처럼
다시 먼 바다로 떠나려는
방랑자 같습니다

# 차이에 대한 대화

-같은 시를 읽는 이들
서로 느낌이 다른 건 왜일까.
-보는 시선과 감각이 달라서겠지.
-시 속에 흐르는 시인의 감성이나 사유를
쉽사리 풀 수 없어 아닐까.
-그리 보면 막막해지네.
-그게 여백일세.
비바람이 여백이요 피고 지는 꽃이 여백이요
낙엽 흩어지는 가을이 여백이네.
-시각 차이 생각 차이 감정 차이로 움직이는
생명 자체가 여백이라
자네와 대화가 가능하다는 말 아닌가.
-맞네. 같은 얼굴 목소리라면 무슨 수로 얽혀 살겠나.
-저마다는 하나밖에 없는 개성이요 시간이라
그 차이를 좁히려 애쓰는 게 소통인가.
-몸 부서져라 소통하고 타협해야 살길이 열리네.
-하지만 틈만 나면 끼어드는 오해를 간직한 채
소통하며 산다는 게 얼마나 어렵고 힘든 일인가.
-순간순간 달라지는 인생사를

아픔과 슬픔 없이 무엇으로 버티겠나.
-오늘은 자네를 만나 위로가 되었네.
-외롭고 쓸쓸하지 않는 날 없으니
가끔 술잔도 기울이며 그리 가세.


＊ 두 번째 시집 「칼날 위에 핀 꽃」을 여러 시인들에게 보냈었다. 반응은 모두
달랐다. 왜일까? 그 의문의 꼬리를 뒤쫓다 차이에 대한 생각을 하게 되었고 이 시
로 표현해 보았다.

# 아이의 발랄함

-할아버지 뒷머리에 둥근 달이 떴어요.
-보기 싫으냐?
-색색머리를 심으면
보기 좋을 것 같아서요. 킥킥킥.
-녀석아. 나도 그랬으면 좋겠다.
-책에서 검은 콩을 많이 먹으면
머리도 나고 건강에도 좋대요.
-그래, 고맙다.
다른 이와 말 한마디 변변히 섞지 못하고
서먹서먹하게 사는 외로운 어른들에 비해
검은 눈 반짝이는 어린 것들은
어찌 저리도 자유로울까
깨물고픈 녀석의 발랄함에
하루 다르게 늙어가는 쓸쓸함을
한껏 덜어본다

# 깨어진 균형 속에서

아내와 나는
봄볕 고요히 넘어오는
거실 창가에 앉아
좁은 뜰을 내다보고 있었다
열린 창틈 어디서
파리 몇 마리 들어왔는지
왕성한 날개로 적막을 깨뜨리며 휘젓는다
그 싱싱한 소리가 거슬렸는지
아내가 슬그머니 자리에서 일어나
벽에 걸린 파리채를 움켜쥐고 뒤쫓는다
베이킹파우더를 넣은 밀가루 반죽처럼
부풀어 오르는 긴장감 속에서
파리채를 탁탁 후려칠 때마다
바닥에 나뒹구는 파리들 몸속에서
총총히 빛나던 별빛도 바람소리도
곱게 물든 꽃잎도 따라 죽었다
나는 가슴 조이며 좁은 처마 사이로
무심히 흘러가는 흰 구름을
망연히 바라보고 있었다

# 틈

빗방울보다
사물과 생명을 부드럽게 감싼 공기는
한없이 가벼워
실핏줄세포까지 산소를 나르는 알갱이
이보다 유연한 게 있을까
우주보다 복잡정밀하다는 몸에서
예민하게 요동치는 삶의 순간들을 품고
다른 이의 가슴에 젖어드는 소리처럼
정밀한 건 없을 거다
하지만 소리는
여운을 남기고 사라지는 연기 같은 것
이보다 깊고 섬세한 세계는
죽어도 잊지 못할 하룻밤 풋사랑처럼
애달픈 추억들이 내리는
침묵의 틈이다

# 신기루

달아오른 신기루에
건널목 흰 선은 사라지고
매미 뜨겁게 우는 가로수는
반들반들한 수평 깊이 누워
어디론가 떠내려갈 듯하다
홀로 서 있는 신호등을 향해
느릿느릿 건너오던 노파는
아지랑이에 파묻혔다 나타나고
발 깊이 담근 아파트 사이로
아이와 함께 건너가던 여인은
강변에 이르지 못하고 흔들리다 자취를 감춘다
푸른 신호등을 기다리는 차들은
강의 열기에 흐물흐물 녹아내릴 듯한데
어디선가 간헐적으로 들려왔다 아득히 멀어지는
희뿌연 목소리 사이로 돋아난
저 지붕색깔들은
왜 그리 빠르게 변하고 퇴색하는 걸까
안개 속을 떠도는 이 거리
한 모서리를 품은 몽환 같은 신기루는

어스름이 내리기 전에 발을 빼고
어디론가 떠나려 한다

# 화장하는 여자

거친 비바람에도
봉우리를 올리는 꽃처럼
아이를 낳고 키우며 살아온 세월에
어느새 싱싱했던 젊음도
잔주름 깊어지고 아픈 곳 많아지는
갱년기가 되어
우울한 날들을 보내는 중인데
그녀는 순순히 물러날 수 없다는 듯
전쟁처럼 화장을 한다
하지만 아무리 화장을 해도
불어나는 옆구리 살에 깨끗이 항복할 만도 한데
어쩌자고 마음은 늙을 줄을 모르는 걸까
그녀는 서러운 거울에 눈물 글썽이다
아직은 살아 있으니 살아야 하기에
자리를 툭툭 털고 일어나
붉은 립스틱 입술에 검은 속눈썹 꼿꼿이 세우고
향수 냄새 풀풀 풍기며
문밖으로 나간다

# 사랑, 그 그리움은

봄, 놓칠세라 수정하는 꽃처럼
사랑, 그 그리움은 바로 여기
시퍼렇게 달아오른 눈으로 갈기를 세우고
날카롭게 울부짖는
밤 고양이처럼 치열하게 살다
스키드마크처럼 난 상처들을
그대 붉은 가슴에 깃발처럼 꽂으며
요동치는 생명을 해산하려는 욕망은
죽어도 물러날 수 없는 호흡소리요
순간순간 달라지는 삶의 빛깔이요
막막한 길 꾹꾹 눌러 밟는
발자국 소리입니다

# 사랑으로

제 방식대로
사계절을 보내며
다른 이들과 얽혀 살지만
저마다 가는 길이 달라 이룰 수 없는 사랑
헤일 수 없이 많을 거다
사랑으로 길을 열고 저무는 날들
뭉클거리는 가슴 없이 무덤처럼 사느니
「젊은 베르테르의 슬픔」* 같은 사랑일지라도
아름답고 애달픈 추억 아닌가
갈수록 예민해지고 차가워지는
저 어두운 골목길들
사랑으로 꿈꾸듯 거닐 수 있다면
하루만이라도 그리하고 싶다


* 괴테의 첫 소설.

제2부

# 거리 距離

거울 속을 기웃거리다
어느새 한세월 다 간 듯
속곳에 똥칠할 흐린 눈에는
변함없을 듯하던
화려한 고층아파트도 달리는 차들도
싱싱한 젊음도 화사한 꽃들도
자고 나면 백 미터 이백 미터쯤 멀어지다
안개 속 물체처럼 가물가물거리겠지
손끝만 닿아도 불거지던 아픔으로
움켜쥐었다고 믿었던 것들이 바람처럼 공활한데
어둠 속에서 빛을 찾는 인간의 존엄은 무엇이요
흙으로 가는 애끓는 슬픔은 무엇일까
병든 늙은이들 잠 못 이루는 쓸쓸함은 강물 같은데
누군가는 앙상한 몸으로
흐리흐리한 추억을 더듬다
네가 있어 내가 살다 떠난다는 축축한 말을 남긴다
유성처럼 빛을 토하다 사라지는
저 멀고 아득한 곳에서 사뿐사뿐 오는 아이들은
무얼 찾으러 저리 맑을까
세월 가면 검은 눈 아이들도

만감이 교차하는 이 언덕에서
흰머리를 날리며 새털처럼 가벼워질
순간을 맞이하겠지

# 여행

몽블랑에 절을 했다는 괴테도
찾아오는 이들을 맞이하고 보내는
눈빛 목소리가 없었다면
감동의 절 대신
눈 덮인 알프스산맥을 에워싼
끝없는 적막함에
창백해졌을지도 모른다
그리 보면 아름다운 절경도 추억도
사람의 울타리 없이는 소용없는 일
저마다는 외롭게 빛나는
미소요 눈물이요 쓸쓸함이라
알프스도 달빛도 그림도 음악도
사람이 사람을 여행하기 위한 일
사람이 사람을 여행할 수 없다면
어디서 무얼 할까

# 영혼

하얀 눈 위를 걸으면
뒤따라오는 발자국처럼
흔적을 남기며 사는 사람들
머릿속에 불 밝히고
사물과 생명체를 받아들이며
동시에 이미지를 구별하는 생각이란
복잡정밀한 몸을 섬세히 통제하고 지시하는
볼 수도 만질 수도 없는
유령보다 더 환상적인 세계,
머릿속에서만 머물지 않고
입 밖 소리로 나와 다른 이들과 소통하게 해 주고
땀 흘려 일하게 해 주고
먹고 마시고 배설하는 즐거움을 누리게 해 주고
아이를 낳고 키우는 드라마를 연출하기도 합니다
하지만 이 다채로운 영혼의 축제도
죽음을 전제로 일어나는 물결이라
아프고 슬프지 않은 순간은 없는 것 같습니다
그래도 나는 저 고단한 골목 어디선가
떠도는 이를 따듯하게 부르는 소리

들려올 것 같아 문을 열고
그리움을 찾아 길을 나섭니다


＊작년 겨울 여섯 살짜리 손자가 팔을 뺀 채 외투를 걸치고 춤추듯 팔소매를 흔
들며 무슨 모양 같으냐고 물었다. 나는 살도 뼈도 없는 유령의 춤 같다고 말해주
었다. 녀석은 유령이란 영혼 같은 거라고 했다. 나는 며칠 간 아이의 말을 곱씹다
가 이 시를 쓰게 되었다.

# 어느 풍경

옥계동 초록빌라 4층에 사는 노파는
아침부터 지루하게 내리는
봄비에 젖은 오후를 견디지 못하고
훅, 밀려나온 외로움처럼 발코니에 나와
우산을 쓰고 지나는 이들을
우두커니 지켜보고 있었다
새벽부터 움직이는 사람들 속에서
누군가는 잉크냄새 마르지 않은 신문을
분노처럼 뒤지다 지친 얼굴로
좁은 골목 쓰레기더미 위에 버린다
사건사고도 수익도 챙겨야 하는 빠릿빠릿한 활자들은
부슬부슬 내리는 봄비에 젖어 퍼져 있다
노파는 참을 수 없다는 듯
긴 하품을 터뜨린 뒤
비 내리는 오늘이 며칠이지?
어제가 오늘 같고 오늘이 어제 같은 날들이야.
맥없이 중얼거린 뒤 눅눅한 거실 안으로
쓸쓸히 돌아간다

* 이 시는 발표 후 일부 수정함

# 추억

그 옛날 서울 오후
헐렁한 시내버스에 오르면
시집이나 소설 한두 권 끼고 앉아
발그레하게 이야기를 나누던 학생들이
옆 사람과 두런대는 이들이 보기 좋았었다
요즈음은 치열한 경쟁으로
다람쥐 쳇바퀴처럼 고달프게 살고 있어 그런지
남을 배려해서 그런지 알 수는 없지만
피도 눈물도 없는 매뉴얼이 응답하는
스마트폰을 뒤지는 손가락은 분주한데 입이 적막하다
가슴을 내주는 시 한 편에 설레는 이들보다
낯선 사이를 무표정하게 스쳐가는 날들이다
수천 년간 사람들을 짓눌러온
비탈길 와르르 무너져 수평 길이라도 열린다면
문 박차고 나와 환한 얼굴로 두런거리게 될까
오늘도 뭉클거리던 가슴은
조금만 빗나가도 냉랭해지는 눈총에
마른 풀잎처럼 시들시들해진다
나는 왜 저 빠르고 편한 물결에 발 담그지 못하고
가난한 옛 버스 안 풍경이나 그리워할까

지금보다 넉넉했던 소박한 사람 냄새
그 눈빛 표정들이 그리워서
그러는지도 모른다

# 닻

빵을 키워야 나눌 게 생긴다는
속삭임에 숱한 세월 기다렸으나
마천루를 이룬 지금도
밑바닥 고통은 여전하다
불평등은 어제오늘 일도 아니요
해결될 일도 아니라서
가졌든 못 가졌든 사는 건 어렵고 힘든 일
불안하게 쫓기는 이들에게
저택을 마련해 주고 산해진미를 즐기게 해 주고
이 나라 명소와 세계 곳곳을 여행시켜 준다면
낙원에서 살다 간다고 족할까
끝없는 욕심은
그 속에서도 불평불만을 터뜨릴 테고
또 다른 걸 원하기 시작할 거다
이것저것 움켜쥐고도 더 채우지 못해 애태우다
앙상한 몸으로 떠나는 쓸쓸함에
회군回軍하듯 소소한 일상으로 돌아와
지친 몸 닻처럼 내리고
바람 한 줄기 꽃 한 송이 햇살 가득 품으면
이 지독한 싸움은 끝나는 걸까

살아 있는 한 무소유란 잡을 수 없는 무지개
오늘도 피할 수 없는 눈빛들은
풀 수 없는 긴 아픔처럼 스쳐간다

# 「성城」*

무표정한 얼굴로
굳어버린 얼굴로
음침한 무언가를 꾸미는 얼굴로
증오감을 버리지 못하는 얼굴로
철저히 이방인을 거부하며
완고하게 성을 에워싸고 사는 이들과
끊임없이 다투고 시달리다 기진맥진해
초청받은 성 안으로
한 발짝도 들어가지 못한 채
쓸쓸히 죽어간 측량 기사처럼
나도 좁은 골목에서 푸석푸석 일어나
매일 다치고 후회하며
몽환 같은 성을 찾아 절룩절룩거리다
어느 날 창백한 얼굴로
숨을 거둘지도 모른다

* 이상세계로 갈 수 없는 현실을 그린 카프카의 소설 「城」을 요약한 뒤 내 생
각을 몇 자 붙여보았음.

# 역류

겨울 산을 나는 작은 새들이
쓰레기봉지를 뒤지는 야윈 고양이들이
거미줄처럼 얽힌 전선 끝 불빛들이
폭격 맞은 거리를 퀭하게 떠도는 아이들이
입을 열기 무섭게 끼어드는 오해들이
뿌연 미세먼지에 파묻힌 도시건물들이
지독한 소식을 쏟아내는 종합뉴스들이
현란하게 꽃 피는 숲을 향해
거칠게 밀려오는데
나는 지금 여기서 무엇을 위해
불안하게 울렁대는 가슴 참고 견디는 걸까
스쳐가는 얼굴 목소리들 사이로
저항할 수 없는 하루가
또 그렇게 흘러간다

# 「의자를 수선하는 여자」*

의자를 수선하는
거칠고 가난한 아버지를 돕던 그녀는
어느 날 부잣집 아이가
다른 아이들에게 돈을 빼앗기고 우는 걸 보고
틈틈이 모은 돈을 내주었다
아무도 거들떠보지 않는
남루한 자신의 돈을 받은 아이가
울음을 그치자 너무 기뻐
돈이 모아질 때마다 아이를 찾아갔다
부모가 죽자 의자 수선 일을 물려받은
그녀의 유일한 낙은 그 소년을 만나 돈을 주는 일이었다
하지만 아이가 청년이 되어 결혼을 한 뒤부터는
만나기 어려워지자 외롭게 번 돈을 모을 수밖에 없었다
병든 노파가 된 그녀는 평생 모은 돈을
그에게 주라는 유언을 남기고 세상을 떠났다
그녀의 임종을 지켜보았던 의사는
약국을 운영하는 그들 부부를 찾아가
세상 떠난 노파 이야기를 전하자
의자나 수선하는 천한 여자의 사랑을 받았다는 사실에
몹시 화를 내다가

2천 프랑이 넘는 돈을 남겼다는 유언 내용에 태도를 바꿔
주겠다는 돈이니 받겠다고 하였다
모파상이 떠난 지 백 년이 넘었는데
지금도 가난한 이들 고통은
부자들을 성장시켜온 헌신처럼 남아 있고
변함없는 관계를 이어가는 중이다


* 모파상의 단편소설을 요약하고, 내 심사 몇 자 담아보았음

# 소외

심장박동을 타고
모세혈관까지 흐르는
피 소리 들리는 자궁에
둥지를 튼 시심詩心이
희극과 비극을 소비하며
숨 가쁘게 사는 이들을 부양해왔으나
가파른 속도로 변해가는
이 편한 세상으로부터
버림받은 강아지처럼 가혹하게 밀려나
차가운 길거리를
쓸쓸히 떠돌게 될지도 모른다는 생각에
후들후들 떨리지만
오늘이 인류 최후의 날이라 할지라도
삶과 죽음을 섬세히 담아온 문학 동네에서
자석처럼 이끌려 사랑하고 아이를 낳으며
애태우던 목소리로
아내와 자식 이웃과 두런거리고 싶고
휑하니 스쳐 멀어지는 이들을
꿈결처럼 부르고 싶다

# 인사

누군가 길가에서
반갑게 악수를 청해
답례를 하고 헤어진다
그의 체온이 손바닥에
지문처럼 남아 있는 듯한데
기억을 더듬어도 안개 속이라
고개를 갸우뚱거린다
그도 그랬을까
평생 같이 살아도
넘을 수 없는 낯선 생소함은 남는데
누군가는 그 막막한 벽을 용감하게 뚫고 나와
서로 가진 걸 조금씩 나누자고 한다
그 질편한 욕망에 녹아들지 않으면
혼자라는 이 쓸쓸한 광야를 어찌 갈까
참을 수 없는 날은 문 박차고 나가
스쳐가는 이들에게 좋은 아침이라고 손 흔들까
아니면 네가 있어 내가 산다고 속삭일까
그래도 허전하면
어제보다 더 가까이 다가가 축축한 눈으로
하염없이 바라보는 건 어떨까

# 사람이 남기는 건

생명선 같은
붓 선으로 채워진
이우환의 작품을 본지 오래인데
기억에서 지워지지 않는 걸 보니
사람이 남기는 건
사랑이요, 추억이요, 예술혼인 듯싶다
유명화가 그림이든 무명화가 그림이든
세련되고 여운 있으면 그만 아닌가
형편이 되는 이는
춥고 배고픈 무명화가들 그림 한두 점 사서
허전한 방에 걸어두고 보면 제격일 텐데
사람들 중에는
유명화가 그림을 훗날 더 비싸게 팔기 위해
거금을 들여 사두는 이도 있는 모양이다
이쯤이면 아름다운 화가들 예술혼은
탐욕스런 식탁 메뉴에 불과한 일
땀 흘려 걸어온 문학도 미술도 음악도
자본의 포켓 속에서 자라나는 숲인가
나는 오늘도 이 씁쓸한 마력 위에서
지울 수 없는 슬픔들이
스쳐가는 걸 본다

# 백남준

빠르고 현란하고 잔잔한
바이올린 연주가 예고 없이 멈추자
객석은 한동안 침묵에 빠졌다
그는 지켜보는 이들
음악에 대한 상식을 역류하듯
공연장 바닥에 바이올린을 내리쳐 조각내었다
그리고 오선지에 다듬어진 악보가
음악의 전부가 아니라는 듯
바이올린을 끈에 묶어 거리를 다니기도 하고
나무 봉으로 사물을 두들기며 다니기도 하였다
그 후 그는
첨단전자산업의 집합물인 티브이영상신호장치에
예술혼이 어떤 파장을 일으키는지 보여주듯
비디오아트라는 새 장르를 개척해
숱한 작품을 남기고 떠나갔다
그 뒤에 남은 이들 중에는
소리 숫자 영상으로 구성된 설치작품으로
가파른 삶의 속도와 죽음을 뒤쫓고 있었다
그 실험들이 앞으로 무엇을 내놓을지
기다리게 한다

# 혜화역

신이 내린
공허함에 빠지지 않으려는 듯
진종일 밥이 되고 옷이 되는 일을 하다
고단하게 퇴근하는 이들이
지하철역마다 흩어지면
기다리던 이들로 채워진다
사람 사이 저리도 촘촘한데
왜 말 한마디 건네기 그리 어렵고
스쳐가면 다시 만날 수 없는 걸까
곁에 남루한 옷차림으로 시무룩이 앉았다 내린
중년 사내는 지금 어디쯤을 가는 중일까
불꽃 튀기는 전동차 바퀴는 숨찬 이들을 싣고
종로와 동대문을 지나 어디론가 달린다
얼마나 더 깊은 어둠을 뚫고 달려야
지친 얼굴 환하게 펴고 서로 넉넉하게 섞이는
축축한 출구로 나가게 될까
나는 꿈에서 깨어난 듯 혜화역에서 내려
외롭게 빛나는 가로등 불빛 아래
긴 그림자를 이끌고 지나는 이들 사이로

시린 발목을 참으며
아내가 입원한 대학병원 쪽으로
걸음을 재촉한다

# 속임수

기묘한 위장술로 몸을 숨긴
곤충이나 파충류보다
치명적인 속임수를 가지고
달팽이 몸에서 살다
새의 뱃속으로 옮겨가려고
달팽이 촉수를 자극해 벌레처럼 보이게
줄무늬 색을 일으키는
눈에 보이지 않는 기생충도 있다는데
먹고 사는 게 고달파
치열하게 다투는 사람들은
얼마나 많은 속임수로
다른 이들을 현혹하는 걸까
진실이라고 믿고 사는 신념 속에는
어떤 무지와 속임수들이 숨어 있는 걸까
아무리 몸부림쳐도
은밀하게 파고드는 속임수로부터 벗어날 수 없어
누군가는 수인번호 없는 죄수복을 입고
거리를 떠돌다
다른 이들과 함께 교차로를 건너
좁은 골목 모서리로 멀어진다

# 아이들 세상으로

약속의 땅으로 가는 이들 간
나쁜 일들이 끊임없이 일어나자
십계명을 만들어 다스리려고 했던
모세의 고뇌도
제 백성을
맑은 아이들 세상으로 이끌지 못했고
피땀으로 거리를 개척해온
선구자들 이정표가 문패처럼 깔렸어도
어둡고 질퍽한 인생사를
맑은 아이들 세상으로 이끌지 못해
오늘도 불안한 그림자 일렁이는
풍경은 여전하다

# 고뇌보다 자유로운 노래를

이른 새벽 대청호로 간다
서릿발 촘촘한 호수 가에는
성애 핀 나뭇가지를 나는
작은 새들이 있었고
차가운 표층에는
흰 비늘 반짝이는 끄리들이 있었고
달빛 젖은 산야를 넘어와
물안개 속에서 멱을 감는 오리들이 있었다
나도 욕심으로 찌든 옷 훌훌 벗으며
작은 새들처럼 맑게 지저귀고 싶었고
끄리들처럼 푸른 등으로 달리고 싶었고
오리들처럼 활기차게 춤추며
고뇌보다 자유로운 노래를
하얀 입김 내뿜으며 부르고 싶었다
하지만 목에 피맺히도록 부른다 해도
구름처럼 바람처럼 새처럼 살 수 없기에
이 아름다운 풍경을
독하지 않으면 낙오되기 쉬운
치열한 거리 좁은 골목 어두운 내 작은 방에
등燈처럼 달아놓으면 나을까 해서
발길을 돌린다

# 수數

수는
말이나 글처럼 사용되는 제3의 언어다
그 욕망의 물결은
신성한 무無에 둥근 테두리를 둘러
영零이란 수를 만들기도 하고
햇볕과 물 흙이 어떻게 결합해
곡식이 영그는지 기웃거리다
은행과 시장 집집마다 들락거리며
탄식과 분노가 뒤섞인 절규 속으로
차가운 국경선 철책과 평화조약으로
시궁창 찌꺼기와 굴러다니는 플라스틱 제품으로
치열하게 움직여온 그 강변에
작은 집 하나 짓고
컴컴한 새벽부터 거리 곳곳을 뒤지고 다녔지만
갈림길을 방황하는 슬픔 하나
건드리지도 못한 채
그 작은 집으로 돌아간다

# 제3부

# 바람

동풍이 불더니
북서풍으로 바뀌고
남풍이 옷깃을 더듬는다
잠잠하다 일어나
제 멋대로 부는 바람의 자유가
숲이 되고 꽃이 되고 소리가 되는데
그 바람을 왔다갔다 말고
한 방향으로만 불라 할 수 있을까
갈림길을 떠돌다
고단한 발길로 신전神殿을 배회하기도 하고
푸른 숲에서 잠을 청하기도 하고
인정사정으로 울고 웃기도 하는
이 변화무쌍變化無雙한 인생사를
무슨 수로 칼로 두부 자르듯 구속할 수 있을까
서정적이든 아니든
일관성 있게 쓰라는 말뜻 모르는 바 아니지만
하나의 틀이 전부가 아니라면
이런저런 모양들
바람을 맞이하듯 하면 어떨까

# 회상

그녀는 오랜 세월
잊고 살다 보니
검누런 서류처럼 가슴 깊은 곳에 잠겨 있다
그 옛날 그녀의 집주변을
꿈결처럼 맴돌던 애달픈 젊음도
어느새 가버리고 속절없이 늙어가는데
한시도 낭비할 수 없다는 듯
검은머리 질근 묶고
두 눈 반짝이며 책을 읽던 그녀의 젊은 시절은
무엇을 찾았고 잃었으며
지금은 어디서 무얼 하며 지내는지
한번 만나보고 싶었다
하지만 찾아가 보지 않아도
고단한 세월 이기지 못하고 쓸쓸히 늙어가겠지
태어남과 죽음은 옷을 갈아입는 것과 같다는
쇼펜하우어의 말을 위로처럼 떠올리며
오늘 밤은 그녀가 맘껏 날 수 있게
내 야윈 가슴을 열어 두고
잠들어야겠다

# 통로

시냇물 다슬기도
바늘구멍만한 배설구가 있어
후대를 잇듯
비바람이 통하고 별빛이 통해
절정에 이르는 수풀처럼
눈으로 통하든 소리로 통하든
미소로 통하든 눈물로 통하든
통해야 살 길 열리는 세상
통하지 못하면 그곳은 천 길 낭떠러지
나는 쉴 곳 머물 곳 없는 밤바다를
홀로 나는 외로운 반딧불처럼
생명과 죽음이 교차하는
멀고 아득한 통로다

# 시를 쓰시려거든

자식을 지긋이 바라보는
어머니의 눈빛이 시라면
가슴을 내주는 시 없이는 살 수 없어
시를 쓰시려거든
원고로 쓰시든 몸으로 쓰시든
착하게 쓰시고 따듯하게 쓰시고
익어가는 김치 맛처럼 쓰세요
당신이 하늘에 수를 놓듯 쓴 시들은
시궁창길 꽃길을 걸면서 깊어진 가슴이요
어두운 골목을 밝히는 가로등 불빛처럼
고요히 흐르는 물결이요
아픔과 슬픔 속에서 피어나는
축축한 목소리입니다

# 어느 노인들

후텁지근한 한여름
좁은 골목 그늘에 앉은 노인들
-맨날 여기서 뭣 하는 겨.
누군가 중얼거린다
-집에 멍하니 있는 것보다 낫잖아유.
-어디라도 훌쩍 댕겨 오면 좋을 텐데.
-자고나면 이빨 뽑히듯 떠나는 늙은이들이
어딜 간들 무슨 소용이래유.
막막하게 오가던 대화가 끊겨 적막강산인데
그 속에서도 빛나는 순간은 있다는 듯
휘어진 언덕길에서
노란 어린이집 차 한 대가 내려와
노인들 앞에 천천히 멈추더니 문이 열렸다
맑은 아이 하나 내려
제 할아버지 품에 살갑게 안기자
잠시 분위기가 밝아졌다
태어나 죽는 순간까지 가야 하는 여행길
오늘 밤은 저 쇠잔한 노인들 옆구리에
부드러운 양 날개가 터져 나와
아이들 세상을 향해 무리지어 날아가는
꿈이라도 꿀 수 있을까

# 소문

작은 옥상에
블루베리 십여 그루 심었는데
시들시들 말라 피트모스라는 원토를 구해
거름 잔뜩 섞어 분갈이를 하고 나서
반절 넘게 살렸다
올해는 싱싱한 상추 들깨 대파 너머로
탐스럽게 익어가는 블루베리 열매를 보러
홀린 듯 옥상에 올라가면
어디서 소문 들었는지
참새 박새 물까치 떼들까지 번갈아 날아와
벌레를 찾거나 새콤달콤한 블루베리 열매로
주린 배를 채운다
치열한 소유권이 대수大數가 된 세상
이곳은 피 흘려 싸우지 않아도
고단한 새들 배를 채우며 머물다 가는 곳
작은 옥상 하나 가진 이라면 푸르게 가꿔
새들 부리들을 맞이하는 건 어떨까

# 이사동 가는 길

옥계동에서 이사동 가는 옛길은
아이들 소리 산새 소리 농부들 소리
푸짐했던 곳
새참 먹던 농부의 손짓 어제 같은데
지금은 차들만 횅하니 오갈 뿐 적막하다
치열한 거리 이곳저곳을 기웃거리다
어느 새 늙어가는 야윈 등으로
취선당 솔밭 앞길에서
먼저 떠난 농부의 소식을 듣는다
아등바등거리다 더 살 게 없다는 듯
소리 없이 떠나는 이들
늦가을 시린 바람 안고 돌아가는 길
어느 잡초 무성한 쓸쓸한 묘지 앞에 서서
잠든 이의 혼처럼 봉분에 돋아난 들국화를
하염없이 바라보다
할 수 있다면
조심조심 몇 송이 꺾어 내 작은 방에 내려놓고
귀뚜라미 소리 가득한 밤새도록
이승저승 흠뻑 취할 때까지
술잔을 주고받고 싶었다

# 순례

거리를 다니다 지쳐 잠이 오면
공원 벤치든 버스 안이든
지하철역이든 길바닥이든 자야지
두 눈 맑아질 때까지 자야지

동트면 눈 부비고 일어나
거리의
가로등과 가로수 폐타이어 콘크리트 조각
플라스틱 물병까지 놓치지 않고
그 안에 천년 고독처럼 잠긴 소리들이
밖으로 터져 나올 때까지
만지고 쓰다듬고 두들기며 다녀야지
잠이 올 때까지 다녀야지

사물에 잠긴 소리들처럼
야윈 이들 가슴에 옹이처럼 박힌
아픔과 슬픔을 밖으로 끌어낼 수 있다면
손가락 뭉그러지게

만지고 쓰다듬고 두들기며 다녀야지
잠이 올 때까지 질퍽질퍽 다녀야지

# 발돋움하고

차가운 겨울 끝에서
먼저 봄을 알리는 매화는
눈이 내리면 설매요
달빛이 내리면 월매요
옥같이 고운 살결이라
춥고 배고파도 향기를 팔지 않는다는
지인이 보낸 핸드폰 문자를 읽는 내내
비참한 하층민들 고통을 가슴에 품고
가난에 시달리다 죽은 두보와
폐병으로 피를 토하면서도 술에 취해
달빛 쏟아지는 호수 가에서
고고한 달을 노래하다 숨을 거둔
이백의 슬픔이 떠올랐다
나도 맨발로 작은 옥상에 올라 발돋움하고
어둠에 잠긴 골목들을 바라보고 싶었고
구름 사이로 흐르는
푸른 달빛을 가슴 가득 품고 싶었지만
늘 불안한 자세로 떠도는 사내
외로운 매화는 저 차가운 바람 부는 언덕에서
어디를 굽어보는 걸까

# 조화調和

보문산 줄기 하나
남향으로 흘러
여인의 두 팔처럼 부드럽게 감싼
옥계동에 재개발이 이뤄진다면
감출 게 없는 이웃들과
숱한 세월 살 부비듯 살아온 날들이
아련한 추억으로 남겠지만
화려하게 솟을 새 아파트들이
맑게 흐르는 옥계천을 두고
우뚝 솟은 식장산 자락에 안긴
햇볕 가득한 가오동加午洞과
어떤 조화를 이룰지 궁금하다
하지만 이곳은 넉넉한 이들보다
쓰리고 고단한 이들이 많은 비탈동네
그 한가운데 작은 수평 길 하나 열려
지금보다 나은 날들이 이어지길
기다리게 한다

# 소리

계곡을 타고 흐르는 물소리는
졸졸졸거리는 소리도 아니요
돌돌돌거리는 소리도 아니요
소살소살거리는 소리도 아니다

그 소리는
바람에 구름 가는 소리요
강과 바다로 이어지는 빗소리요
꽃봉오리를 올리는 수풀 소리요
미세혈관까지 흐르는 피 소리다

시선이 닿을 수 없는 아득한 소리들
아프고 슬픈 순간들을 역류하듯
헤쳐 올라가면 그 끝자락이
성역聖域으로의 진입인가

# 눈

다섯 살짜리 까만 눈 손녀가
붕어 몇 마리 손질하는 곁에서
물고기에서 피가 나와요.
할아버지 손에도 묻었어요.
애들아 사람들이야 도망쳐야 해!
쨍쨍한 소리를 낸다

밤잠을 설친 오늘 아침
아이를 어린이 집 대신
도시 밖으로 데리고 나왔다
저기 좀 봐요.
알록달록한 산들이 하늘을 만지는 것 같아요.
노랑 빨강 갈색 나무들이 신기해요.
아이는 제 물결을 일으킨다

총소리 그치지 않는 곳곳
시체들 곁에 파랗게 앉은 아이들과
앙상하게 굶주린 아이들을 보는 날 오면
아이는 펑펑 울겠지만

지금은 내 곁에서 빛나는 가을 풍경을
하늘에 담는다

# 웃음

이정표 없는 거리는
건물도 가로수도 오가는 차들도
외로움 푸석푸석 밟히는 벌판
그곳을 떠돌다 누군가를 만나
힘겹게 낳은 아기가 잦은 울음 사이로 웃는다
그 웃음은 거리를 씻어온
책들 천년 향기를 타고 가도 닿을 수 없는 곳
먼지가 뭉쳐 별이 되고
폭발하는 빛이 물과 결합해
아버지와 내가 되어 후대를 잇지만
모세혈관 세포까지 굽이치는 신비가 없었다면
아픔도 슬픔도 그리움도 없었으리
아이의 맑은 웃음 그 깊은 곳으로
돌아가려
비바람에 젖은 옷을 벗는가

# 유혹

목숨 걸고
수중짝짓기를 한다는 원앙처럼
살아 있는 여인의 가슴은
빛이요 어둠이요 속살이요
들끓지 않으면
아픔도 슬픔도 요염함도 없는
무덤 같은 곳
삶 전체를 호흡하며
폭풍처럼 밀려오는 생명의 문
性성이 섬세히 열리는 동안은
창가를 스치는 바람소리 감미롭고
새벽 까치소리 싱싱하다

# 우리 동네 음악선생

음악은 잠든 영혼을 깨우는
아름답고 슬픈 물결
긴 음악여행을 시작하려는 아이들에게
듣는 이들 가슴을 적시려면
정성을 다해 연습해야 해, 알겠지?
그리 속삭이듯
그녀는 열정적으로 아이들을 가르친다
한번쯤 별이 빛나는 밤
분방한 아이들과 협연한
빠르고 잔잔하고 현란한 바이올린 소리가
온 동네 작은 지붕을 꿈결처럼 덮어
잠 못 이루는 고단한 이들을 일으켜
한바탕 춤이라도 출 수 있게
그리 만들 수도 있을 것 같은
우리 동네 음악선생

# 외출

가슴 답답하면
차를 몰고 나가
정지용 선생의 생가를 지나
금강물이 퍼지는 대청호 가에 앉는다
오늘 오후 호수는
사람들 일상과 관련 없다는 듯
여름 볕을 안고 놀다
요동치며 몰려오는 먹구름 소나기에
해산하는 여인처럼 창백해지더니
수평 위에 하얀 물꽃 가득 피운다
물꽃 저 멀리
발목과 봉우리를 물안개에 묻고
날아오르는 산들 숨결이
실개천까지 거슬러 「향수」*가 되었을까
길을 잃고 방황하는 날들이지만
오늘은 꽃이 되고 새가 되는
비바람을 품고 돌아가
비단을 토하는 누에처럼
시를 쓰고 싶다


* 정지용의 시

# 살림

죽이지 않고 살리려는 마음처럼
소중한 건 없지만
얼마나 어렵고 힘든 일인가
어둡고 음습한 비탈동네
단칸 사글세방을 전전하며
이런저런 바닥 일을 하는
궁핍한 사내에게 질려 도망칠 만도 한데
소용없다는 걸 알고 있듯
불규칙한 작은 수입을 움켜쥐고
제 살 쓰듯 아껴
한 아름 배 찢어지게 낳은 어린것들을
아등바등 키워 출가시켰다
단내 풀풀 나는 세월에
어느새 검은머리 희끗희끗
아픈 곳 많아 약을 달고 살지만
여전히 내 곁에 남아 작은 안식처를 만들고
아련한 추억에 빙긋이 웃는
주름진 아내 입가가 어여쁘다

# 풀피리

풀잎에 맺힌 이슬에
동트는 햇살이
영롱한 무지개로 피어나는
숲속에서 일어나
풀피리 하나 꺾어 불며 거리로 나갑니다
좁은 골목마다 다니며 풀피리를 불어도
창을 열고 손 흔드는 이는 보이지 않습니다
작은 집에 갇힌 듯 사는 이들을 향해
하루하루 사는 게 고단하고 외롭거든
문을 열고 나와 풀피리 소리를 따라 오세요
풀잎 이슬에 핀 무지개가
바람이요 구름이요 새가 되는
숲으로 안내해드릴 테니 하루만이라도
아픔과 슬픔을 내려놓고 쉬다 가세요
꿈꾸듯 속삭였으나 뒤따라오는 이 없어
오늘도 홀로 풀피리를 불며
저녁 금빛노을 일렁이는 숲으로
돌아갑니다

제4부

# 어느 여인의 탄식

장례예식장을 떠나는
영구차를 짠하게 바라보던
문상 온 이웃 아주머니가
아들 하나 있는 건
집 나가 소식 끊긴지 오래고
제 식구를 지켜야 할 사내라는 게
뜻대로 되는 게 없는 세상이라며
허구한 날 술에 취해 비틀거리다 죽어나가니
시장서 목판장사로 뒤치다꺼리하다
꾀죄죄하게 늙어버린 마누라만 불쌍하지.
으이그 무슨 놈의 팔자가 그래.
혀를 차며 탄식한다
돌아보면
아프고 슬프고 기구하지 않는 이 몇이나 될까
이곳은 빈부의 계곡을 방황하다
시름시름 앓다 죽은 이들 빈자리를 물려받아
지금보다 나아지길 바라며
입술 깨물고 가는 길

# 종합병원 24시처럼

이곳은 의사들이
밀려드는 중환자들과
피 냄새 풍기며 싸우는
수술실이 있는 곳이요
쾡한 환자들 팔에
링거 줄 주렁주렁 꽂으며
밤낮 병상을 지키는 간호사들
고단함이 깃든
숨찬 종합병원 24시가 움직이는 곳,
하지만 병원 밖 어디를 가든
종합병원 24시처럼 밤낮 가리지 않고
땀 흘려 일하는 이들
손길 닿지 않는 곳은 없는 듯하다
그리 다져진 골목길을 밟으며
아침에 출근해 고단한 몸으로 돌아와
안도의 숨을 내쉬며 가족과 식사를 한 뒤
저녁을 보내고 잠을 청하며
내일을 기다린다

# 어느 초병哨兵

죽이지 않으면
내가 죽는 전쟁터
컴컴한 콘크리트벙커 안에서
초병은 소리 없이 철조망을 뚫고 올지 모를
베트콩을 막으려 촘촘히 매설한
지뢰격발장치를 공포에 젖은 눈으로 점검한다
두발 달린 족속들 전쟁과는 상관없다는 듯
구름 사이로 환하게 흐르는 달빛은
소리 없이 바다를 당겼다 놓았다 하며
검은 밀림을 물들이고 있었다
하염없이 달빛을 바라보던 초병은
어느 새 자신도 모르게 공포를 잊은 듯
몽롱한 눈으로 철모를 벗고 탄띠를 풀며
최후 방어막처럼
총알을 덮고도 남을 심장박동 소리를
벙커 안에 채우고 있었다

# 호네오산*

호네오산에서
부대로 포탄이 날아오자
그곳으로 매복을 나갔다
해가 지자 어둠 속 관목 숲에 몸을 숨기고
베트콩을 기다리는데
어디선가 퍼붓듯 날아오는 총알은
나뭇잎을 사사삭 뚫고 날아갔고
몸 주변으로 떨어지기 시작했다
땅에 박힌 총알에 튀어 오른 흙이
납작 엎드린 등에 뿌려지자
비참하게 굳어버린 몸 밖으로
한 마리 나비처럼 빠져나가고 싶었다
하지만 날개도 갈 곳도 없는
덫에 걸린 짐승처럼 공포의 밤을 새우고
희미하게 밝아오는 새벽
살아 있다는 안도감으로 공기를 흡입하며
피로 물든 전쟁을 일으키는 이들처럼
세상을 황폐하게 하는 건 없을 거라며

힘없이 뇌까리고 있었다

* 백마사단 주둔지 맞은편에 우뚝 솟은 산

# 광장

무념의 두 손을
그냥 두지 못하는 광장으로 나와
춤 한판 추시려거든
바다를 정화해온 파도처럼 추시고
사람 사이를 따듯하게 풀어주던
순진한 눈빛으로 추시고
섬세하고 너그럽게 추시구려
하지만 당신의 아름다운 춤사위도
옳고 그름을 분별하는 지혜 없이는
지킬 수 없는 모래성 같은 것
오늘도 차갑게 달빛을 베는 이들 사이로
잃어버린 영혼을 찾는 노래 소리가
긴 슬픔처럼 들려온다

# 간間의 한계

산골 움막에서
공맹을 읽고 따르는 아버지와
텃밭 채소에 쌀 한 줌으로 연명하며
시를 쓰기 시작했다는
소녀의 일상을 뒤쫓는 티브이카메라렌즈에
가슴 찡해진 시청자들은 성금을 보냈고
그녀는 광고모델로도 출연하였다
새로운 길을 만난 듯
문학수업을 받으러 서울로 올라왔으나
후원금은 누군가 슬쩍했다고 하고
산골에 홀로 남은 아버지는
돈이 많을 거라고 상상한 강도에게
어이없이 살해되었다고 한다
거친 벌판에 홀로 남겨진 가없은 소녀도
세월 가면 기억에서 흐려지겠지만
이런 아픔은 어제 오늘 일도 아니요
해결될 일도 아니어서
잊을 만하면 불거진다

# 아픔

　캄캄한 새벽에 깨어 습관처럼 티브이를 켜자 화면 가득 검은 연기 꾸역꾸역 솟아오르고 넘실대는 불꽃 가득하였다. 생중계하는 급박한 아나운서 목소리 너머로 여기저기 가스통이 터졌는지 지축을 흔드는 폭음과 함께 불기둥이 솟구쳤다. 그리고 그 불빛 사이로 그림자처럼 나타났다 어둠 속으로 사라지는 이들이 있었다. 이 절박한 화재현장은 무허가 움막들이 다닥다닥 붙어 있던 곳, 누군가 재개발을 위해 고통스럽게 사는 곳곳에 불을 질러 여러 채를 잿더미로 만든 모양이다. 그러나 이보다 더 허탈한 건 불길에 거처를 잃고 가까스로 몸만 빠져나온 이들 가구당 피해액이 고작 삼십여만 원 정도라고 한다. 그렇다면 바람 앞 촛불처럼 전 재산 삼십여만 원에 매달려 사는 이들과 수십, 수백억을 굴리며 사는 이들 차이는 무엇으로 설명되어야 할까. 치열한 소유욕으로 몸집 불려온 이 거리, 그 화재가 난지 수십 년이 지났지만 아직도 창백한 이들 서글픔은 지울 수 없는 흔적처럼 남아 있다.

# 피라미드

꼭대기서 어깨로
어깨에서 허리로 내려와도
다르지 않아
찌든 냄새 풀풀 나는 무릎 밑으로
조심조심 발을 내린다
내 어린 시절에는
서울 외곽 산비탈은 물론이요
종로 청계천 남대문 동대문 부근에도
인삼밭처럼 다닥다닥 지어진 움막 같은 집에서
백열등 하나 켜놓고 웅크려 사는 이들 많았는데
빌딩과 아파트가 넘치는 지금도
어두운 모서리로 밀려나는 이들은 남아 있다
피라미드 바닥 무게를 온몸으로 견디는 이들,
보리쌀 한 줌 넣고 멀건 시래기죽을
숱하게 끓였던 내 어머니 시절의 아픔이
지금도 질척질척 내려
고단하게 사는 자식들에게 주려고
여름 땀을 훔치며 물김치를 담그는
내 아내 손끝까지 흘러

아직도 피라미드는 무너지지 않고
버티는 중이다

# 백치들

그 옛날 한겨울
살 에이는 바람에도
갈 곳 없는 꾀죄죄한 이들은
역전이나 지하도 주변을 배회하다
밤이 오면 무표정한 얼굴로
얼어붙은 바닥에 신문지 두어 장 덮고 누워
혼미하게 잠이 들곤 하였다
컴컴한 새벽 달려온 구급차 요원들은
하얀 입김을 뿜으며
굳어버린 노숙자 시신을 거두어 갔는데
거친 봄바람 부는 파고다 공원에는
양지에 앉아 연신 땅에 절하는 이도
혼자 중얼거리다 머리를 쥐어뜯는 이도
죽은 듯 벤치 위에 잠든 이도 있었다
이제 한껏 성장해온 긴 세월에
그들은 사라졌지만
무료급식을 받으러 길게 늘어선
슬픔은 남아 있다

# 소양교육

라일락꽃 지는 나른한 봄
시내버스 옆자리에 앉아
사회철학' 이라는 책을 읽는
한 중년 사내의 흰 손가락을 바라보다
식솔을 위해 중동에 가려고
소양교육을 받으러 갔다가
가난한 노동자들에게
불평등한 세상이야기를 세세히 하던
한 노교수의 목소리가 떠올랐다
중동을 다녀온지 무수한 세월 흘렀지만
그는 여전히 노쇠한 몸을 이끌고
카랑카랑 싸우는 중인지 궁금하다
지난 날 노교수와
옆에서 몰두하는 이의 사회철학 구절들이
저 거리의 어둠을 밀어내고 새 숲을 열 수 있었다면
그 열정 속으로 불나방처럼 뛰어들었을 거다
하지만 치열한 경쟁 없이는 성장할 수 없는
복잡한 생리를 가진 이 거리

오늘도 불안한 가슴 쓸어내리며
고단하게 사는 중이다

# 그래도

빈부가 시작된
농경사회로부터 수천 년간
피라미드 꼭대기를 점령하려고
북을 둥둥 울리고 함성을 지르며
크고 작은 약탈전쟁은 벌어졌었다
그 참혹한 전쟁터 울부짖음 속에서도
슬픔을 노래하는 이들은 있었고
단숨에 거리를 집어삼킬 듯
창문을 뒤흔들며 날아가는 신예전투기
미사일 장갑차 대포들 위용을 볼 때마다
언젠가는 이 거리 곳곳에도
불기둥 솟구칠지 모른다는 생각에
가슴 꽉 막혀 어지러운데
그래도 누군가는 이 혼란을 가라앉힐 듯
아름다운 그림을 그리고 애달픈 노래를 부르고
너그럽고 따듯한 글을 쓰고
땀 흘려 일하며
희망처럼 남아 있다

# 나라

이곳은
아내와 자식 이웃이 나라다
노비 같은 민초들이
한번만이라도 사람답게 살아보자며
죽창을 움켜쥐고 양반치하와 싸웠고
왜군과 우금치전투에서도 장렬히 죽어갔다
그 호민豪民 정신이
반세기가 넘도록 독재와 피 흘려 싸워
가까스로 주권을 찾은 함성과 어떻게 어우러져
기존질서와 절충하고 타협해
새로운 물꼬가 되는지 지켜보며 산 셈이다
기다리고 기다리면
옳고 그름을 분별하는 지혜들이
자유롭게 말하고 이해하는 눈빛들이
다양한 예술을 누리고 아끼는 이들이
서로 존중하고 배려하는 마음들이
땀 흘려 일하는 손길들이
곳곳에 차오르는 날 올까
여전히 이 나라는 새로운 길을 찾아
거칠고 소란하게 울퉁불퉁 가는 중이다

* 이 시는 발표 후 수정했음

# 인공지능

아무리 인공지능이 발달한다 해도 스스로 생각하는 일은 불가능하다 여겼는데 간단한 작곡에 그림을 그리고 스포츠 기사에 증권분석까지 하는 세상이란다. 슈퍼컴퓨터가 스스로 데이터를 늘려 바둑시합에서 날고 기는 기사들을 차례차례 이긴 건 지난 이야기, 누군가는 로봇들에게 인식표를 나눠주고 세금 걷는 날 올지도 모른다고 한다.

이제는 굴뚝산업으로는 살기 어려워 최첨단산업에 미래를 맡길 수밖에 없는 모양이다. 하지만 최첨단산업이 만능키가 아닌 이상 부작용도 만만치 않을 듯하다. 지금 이 시간에도 수작업으로 일하는 노동자들 대신 비용 싸고 분규 없고 능률 좋은 치밀한 로봇들에게 일자리를 잃는 이들은 적지 않을 거다.

신세계를 약속하는 신기술들이 양질의 일자리와 넉넉한 생활을 누리게 해주고 다양한 예술을 사랑하는 이들을 넘치게 한다면 더 바랄 게 없겠지만 그 반대 상황이 벌어진다면 어찌 되는 걸까. 신기술을 독점한 그룹들은 산더미 같은 부를 축적하고 세상을 이끌어 가겠지만 상대적으로 일자리를 잃고 표류하는 계층의 고통과 탄식은 그만큼 깊어질지도 모른다. 그뿐일까. 갈수록 빠르고 정확한 첨단인공지능이 지금껏 인정사정으로 이뤄온 삶의 가치를 압도해 신도 사랑도 아픔도 슬픔도 그리움도 없는 그런 황폐한 세상을 만들까 두렵다.

# 이 푸른 별이

심각한 공해로
사라지는 종들이 많아
갈 곳 없는 바이러스 균들이
사람 몸으로 온다는 이도 있습니다
코로나와 싸워 이겨도
다른 무엇이 튀어나올지 모르는 날들,
시간 없습니다
늦었는지도 모릅니다
오염물질과 쓰레기 탄소배출을 과감히 줄이지 않으면
지금껏 믿고 살아온 이 푸른 별이
당신들을 밀어낼 차례라고 외치는 이도 있습니다
온실효과로 기후변화가 심해져 빙하가 녹아내리고
가뭄과 더위 폭우가 이어지고
시야를 가리는 미세먼지와
눈에 보이지 않는 플라스틱미세가루는
하늘과 바다 땅 가리지 않고 섞여 나온다는데
하루하루 사는 게 급급해
뾰족한 해결방법을 찾지 못하고
오늘을 보내고
내일을 기다리는 듯합니다

# 관계

독하게 지은
으리으리한 집일지라도
눈빛 목소리 체온이 끊긴 곳이라면
속절없이 무너지는 쓸쓸한 빈터,
작은 집일지라도
강물 같은 가슴 풀어헤치고
임신하고 출산하는 그대 있어
골목마다 아이들 소리
차오릅니다

# 그녀의 붉은 미소는

처음 만나는 그녀가
낯선 사이를 눈 녹이듯
미소를 짓습니다
계산을 끝내고 휑하니 편의점을 나가면
다시 볼 수 없을 것 같아
안개 속 징검다리처럼 떠오른
그 미소 위를 날듯 달려
그녀 가슴에 풍덩 뛰어들어
천천히 가라앉고 싶었는데
왜 사람들은
눈빛 숨소리 닿는 가까운 곳에서도
먼 외계에서 온 듯
서로 말 한마디 변변히 건네지 못하고
스쳐 멀어지는지 모르겠습니다
그녀의 붉은 미소는
혼자서는 살 수 없는 욕망의 촉수요
누군가를 목마르게 부르는
외로운 손짓이요 외침인가

# 물러서기

꽃봉오리 불거지는 나무처럼
단풍보다 빠르게 떠나는 철새처럼
벽돌담과 국경선을 사뿐히 넘는 나비처럼
섬세한 나침반은 없지만
희미하게 사라질 추억 그 그리움으로
어둠을 가르는 자동차헤드라이트처럼
거침없는 시 한편 쓰고 싶었지만
속절없이 가는 세월에 어렵다는 걸
일흔이 넘어서야 알게 되었다
소유욕으로부터 조금씩 물러나기를 시작하자
그만큼 서두르던 발이 느려졌다
발이 느려지면서 입과 귀가 고요해졌고
고요가 깊어지면서
심장을 멈춰 세울 것 같은 고독이 꽃처럼 피곤하였다
아픔도 슬픔도 기쁨도 누리며 살만큼 살았으니
이제 이 고단한 축제로부터 한발 더 물러나
머지않아 앙상히 늙고 병들 몸
화장터 불꽃에 말끔히 태워

오는 아이에게 깨끗한 자리 하나 물려줄
준비를 하는 일도 나쁘지 않을 듯하다

# 소란과 평정의 변증

김홍진

　시란, 혹은 시인이란 삶의 가장자리에 서서 생기(生起)하는
사태와 현상을 정관하고, 세계를 구성하는 지배적 질서와 가치
에 대해 회의한다. 그럼으로써 생기하는 현상적 사태와 지배적
인 질서와 익숙한 가치가 그 이면에 은밀히 은폐한 본질의 꼴
을 더듬어 감각한 바를 언어화한다. 무수하게 생기하는 세계의
사태를 정관하면서 그 이면에 내재하는 세계의 비밀, 그 가운
데 때론 추하고 때론 아름다운 실상을 탐지하고 통찰하는 직관
의 힘이 바로 시의 힘이다. 시인은 현상적 사태의 근원을 사유
하면서 자신의 실존적 존재를 세계 안에 기입하고 정위(定位)
한다. 말하자면 시 쓰기는 사태의 모사적 기술이 아니라 이 사
실의 사태라는 현상적 재료를 정신 속에서 정련하는 과정을 거
쳐 순금으로 바꾸는 언어의 연금술이며, 시인은 그 연금술을

통해 세계 속에 자신의 존재를 바로 세우고자 한다.

 황성주의 시집 『폭풍 같은 시간』은 삶을 채우고 있는 수많은 세목들의 사태가 발현하는 소란스러운 소리와 흔적들을 감지해내는 데 바쳐진다. 그의 시에서 현실의 다양한 사태는 삶을 구성하는 흔적으로 남는다. 시인은 인간이 삶을 살아갈 때 너무나도 다채로운 삶의 양태와 빛깔이 발현하는 온갖 소리를 듣고 또 그것을 자신의 의식을 통해 발설한다. 그에게 삶의 빛깔과 소리는 대체로 "모서리로 밀려나는 이들"이 위계적이고 억압적인 "피라미드 무게를 온몸으로 견디는"(「피라미드」) 부조리와 고통으로 표현되기도 하고, 그럼에도 불구하고 "아직은 살아 있으니 살아야 하기에" "붉은 립스틱 입술에 검은 속눈썹 꼿꼿이 세"운 채로 "향수 냄새 풀풀 풍기"면서 "문밖으로 나"(「화장하는 여자」)가는 생에 대한 강인한 신념과 의지를 표출한다.

 우리의 삶은 건조하고 밋밋하고 아무런 감동이 존재하지 않을지도 모른다. 그러나 삶은 개연적인 사태이기에 그 삶의 자리 안에는 언제나 상처와 고통, 슬픔과 비애 등등의 매듭을 형성하기 마련이다. 그것들은 시인뿐만 아니라 모든 인간에게 잊고 싶은 환부이겠지만, 죽을 때까지 결코 떨쳐낼 수 없는 생의 옹이로 자리한다. 따라서 그 환부를 정직하게 바라보는 일에는 "변화무쌍한 인생사"를 "아픔과 슬픔"(「차이에 대한 대화」)으로 버텨내는 진정성이 자리한다. 말하자면 "막막한 길 꾹꾹 눌러 밟는" 강인한 "발자국소리"(「사랑, 그 그리움은」)를 내면서 "다

사다난 숨찬 곳으로" 상징되는 고달픈 삶의 현장으로 다시 "돌아가"(「소리」)는 일은 지상의 삶, 누구나 버티고 견뎌내야 하는 세속적 일상을 지극하게 사랑하기에 가능한 일이다. "고통의 부정성이 오히려 미에 깊이를 더해"(한병철, 『아름다움의 구원』)주는 것처럼 "아픔과 슬픔"이라는 고통은 삶에 깊이를 더해준다.

　우리가 상처와 고통에 맞서서 삶과 세계를 정관할 수 있다면 상처와 고통은 한 편의 아름다운 시로 환생할 수 있다. 시가 삶의 운명과 세계의 형식을 헤집으며 슬픔, 상처, 죽음, 고통의 자리를 회감할 때, 인간의 영혼은 보다 근원적인 세계로 들어가게 된다. 이렇게 '폭풍 같은 시간'의 풍경 속으로 침잠해 가는 과정에서 시인은 살아 있음의 확실성이 은폐한 삶의 비의(祕意)를 깨닫고, 삶의 내면성을 감각하고, 우리에게 삶을 새롭게 바라볼 것을 권유한다. 황성주는 삶의 시간이 필연적으로 생성할 수밖에 없는 상처를 응시함으로써 삶과 세계의 환부로 침잠해 들어가 자아와 세계, 세계 내 존재를 성찰한다. 그 안에는 되돌릴 수 없는 생의 비애와 아픔이 내부에 뿌리내리고 있지만, 삶의 궤적은 상처 난 영혼의 매듭으로 점철되어 있지만, 시인은 물론 생에 대한 의지를 올곧게 키워 가려 몸부림친다. 이에 대한 정서적 파동의 기록이 이 시집의 발원지처럼 보인다.
　황성주에게 어찌할 수 없는 삶의 운명, 그 운명의 수레바퀴, "변화무쌍한 톱니바퀴"(「구속과 해체」)를 타고 도는 고통의 뿌리는 너무 크고 깊다. 시인은 세계로부터 소외되어 있다. 소외된 자아는 세계로부터 비롯하는 불행한 의식으로 점철되기 마련이지만, 그럼에도 불구하고 시인의 자의식은 건강성을 지켜내려 몸부림친다. 생은 슬프고 고통스러운 비극의 형식이지만 그 비극적 실존 앞에서 시인은 결코 애련에 빠져들지 않는다. 비록 영혼이 퍼렇게 멍들고 삶의 마디마디마다 눈물의 상처로 얼룩져 있지만 시인은 "너그럽고 따뜻한 글을 쓰고 / 땀 흘려 일하며 / 희망으로 남아 있"(「그래도」)려는 생에 대한 의지를 결코 포기하지 않는다. 시인에게 현실은 늘 차갑고 비정하다. 현실은 가슴을 멍들이고 마음에 생채기를 내지만 생에 대한 결연한 의지를 포기하지 않는다. 비록 절명의 순간과 비애의 상처로 가득 차 있을지라도 "아이에게 깨끗한 자리 하나 물려줄"(「물러서기」) 수 있기를 염원하는 푸르른 생에의 의지를 곤추세우며 시인으로서의 위의(威儀)와 자존감을 견지해 나간다.

순간을 쪼개면 쪼갤수록
빨라진 속도 그 블랙홀 같은 심연에는
핵분열처럼 결합했다 흩어지는
소용돌이가 몰아쳐
구원의 손길 같은 아이의 검은 눈동자도
생생한 여인의 붉은 입술도
잔잔히 흐르는 음악소리도
어이없이 다치고 무너지고 추락하는

슬픔을 넘을 수 없어
빛보다 빠른 순간들을 사락사락 밟으며
이 골목에서 저 골목으로 사라지는 이들
아련한 모습을 바라보다
질서가 무질서요 무질서가 질서인가 되짚다
설레는 가슴 목소리로
사랑하고 임신하고 아이를 낳는 폭풍 같은 시간은
순간순간 살고 지는 욕망 끝에 흩어지는데
심장박동 소리를 가진 기억은
돌아갈 수 없는 추억들을 끌어와
그림을 그리게 하고 글을 쓰게 하고
노래하고 땀 흘려 일하게 하는
동력으로 흐른다

– 「폭풍 같은 시간 1」 전문

  삶의 시간은 필멸의 늪 속으로 빠져들 운명을 타고났다. 하지만 특별한 경우를 제외하고 우리는 일상에서 삶에 필연적으로 달라붙은 소멸을 생각하거나 의식하지 않으며 하루하루의 시간을 익숙하게 살아간다. 이런 낯익은 일상의 평온함 속에서 시인은 "블랙홀 같은 심연"에 "소용돌이가 몰아쳐" "아이의 검은 눈동자도", "여인의 붉은 입술도" "어이없이 다치고 무너지고 추락"할 수밖에 없는, "핵분열처럼 결합했다 부서"질 수밖에 없는 인간의 운명을 사유한다. "폭풍 같은 시간"의 폭력 앞에 삶은 무력할 수밖에 없다. 소멸의 시간은 모두에게 공평하게 주어졌으며, 슬프게도 조금씩

마모되어가는 소멸의 시간을 넘어 지속할 수 있는 차별적 삶은 어디에도 존재하지 않는다. 그리하여 시인은 폭풍처럼 모든 것을 휩쓸어가는 난폭한 시간 앞에서 "슬픔을 넘을 수 없어" 어둡고 외진 "골목으로 사라지는 이들"의 뒷모습을 처연하게 바라보는 것이다.

그러나 시인의 처연한 시선은 필멸의 시간과 불멸의 슬픔 앞에서 운명을 한탄하거나, 인생무상의 허무주의로 흐르거나, 세계를 저주하는 비관주의로 나가지 않는다. 시인은 그것을 하나의 우주적 원리, "질서가 무질서요 무질서가 질서"인 카오스와 코스모스, 생성과 소멸의 순환 변전하는 우주적인 법칙으로 수용하고 긍정한다. 이러한 사유는 일종의 세상사는 영원불변하는 고정된 존재가 있을 수 없다는 제행무상(諸行無常)의 윤리관을 드러내는 것이다. 이러한 세계관으로 인하여 시인은 "사랑하고 임신하고 아이를 낳"으며 "순간순간 살고 지는 욕망 끝에 흩어질" 수밖에 없는, 이를테면 생성과 소멸을 거듭하는 시간을 수긍한다. 마모되고 소멸하는 시간 속에서 시인은 "설레는 가슴 목소리"와 "심장박동 소리를 가진 기억"의 흔적을 통해 삶의 '동력'을 얻는 정신의 역설을 보여준다.

삶이 죽음의 자식인 것처럼 모든 생성은 소멸을 전제로 한다. 생성은 소멸이 낳은 불멸의 자식인 것이다. "사랑하고 임신하고 아이를 낳"고 "순간순간 살고 지는 욕망 끝에 흩어"질 수밖에 없는 것이 인간의 필연적인 운명이다. 시간은 날카롭게 벼려진 긴 낫을 든 크로노스처럼 생성된 모든 사물을 베어버리고 모든 생명을 난폭하게 집어삼킨다. "무덤 위에서 사랑을 나누고 또 그 사랑을 통해 새로운 생명이 잉태되는 것, 이것이 우리의 삶"(송기호, 『시간을 물고 달아난 도둑고양이』)의 본질인 것이다. 따라서 시인은 그 운명을 거부하지 않고 그것을 오히려 "그림을 그리게 하고 글을 쓰게 하고 / 노래하고 땀 흘려 일하게 하는 / 동력"으로 인식하는 정신적 역설로 치환해 받아들이는 것이다. 이러한 인식은,

> 유혹의 숨결 같은
> 날카로운 찌르레기 소리를 위해
> 요염한 여인의 자태를 위해
> 얼마나 많은 시간이
> 빛보다 빠르게 요동치며
> 폭풍처럼 결합했다 소멸하는 걸까
> 어둠이 깊어야 선명해지는 별빛처럼
> 살아 있음은 뻐근한 욕망으로 빛나는
> 변화무쌍한 사건사고들이요
> 가슴 시린 눈물이요 미소요 그리움이요
> 혼자서는 갈 수 없는
> 외로운 바다 어디쯤이다
>                       - 「폭풍 같은 시간 2」 부분

와 같이 노래할 때도 마찬가지로 연속한다. 삶은 "어둠이 깊어야 선명해지는 별빛처럼" 소멸을 통해 그 향기로운 정수

를 드러내는 것이며, 또한 동시에 "살아 있음은 뻐근한 욕망으로 빛나는 / 변화무쌍한" 표정의 얼굴을 가지고 있다. 삶은 결코 성스럽거나 고결하거나 순탄하기만 한 것은 아니다. 삶은 세속적 욕망에 부침을 거듭할 수밖에 없다. 그 속에는 "가슴 시린 눈물"과 아름다운 '미소'와 '그리움'이 함께 뒤범벅으로 공존한다. 그런 가운데 시인의 사유의 지평은 삶을 새로운 시각, 이를테면 "외로운 바다 어디쯤"에서 "폭풍처럼 결합했다 소멸하는" 변화무쌍한 순간을 연속하는 부침과 질곡의 시간을 더불어 걷는 공존의 미학을 통해 넘어서고자 한다. 소멸의 시간을 살아내는 것, 마모되어가는 시간 속에서 삶의 심연을 깊이 체험하는 시인의 사유는 우리의 보편적인 운명의 구조를 진정으로 드러내는 것이다.

마모되는 시간, 소멸하는 시간, 급기야는 죽음의 종착역에 도착할 수밖에 없는 운명의 구조, "외로운 바다"를 고독하고 쓸쓸하게 떠도는 길, 그 운명의 구조를 정면으로 응시하면서 시인은 삶이라는 "외로운 바다"를 혼자가 아닌 더불어서 함께 건너고자 한다. 인간은 어차피 자신의 의지와는 상관없이 세상에 던져진 피투자로 태어나 단독자로 고독하게 살 수밖에 없는 운명이지만, 그 운명을 극복하는 지혜와 방법을 시인은 함께 걷는 동행의 미덕에서 찾는다. 말하자면 우리는 "태어나는 순간부터 죽으러 가는 중"이다. 죽음이 삶의 조건인 것처럼 삶 또한 죽음의 조건이다.

삶은 죽음을 향해 살아가는 것이다. 삶은 소멸을 사는 것이다. 소멸의 죽음을 노래하거나 이야기하거나 그리는 것은 역설적으로 그것이 곧 삶을 가장 진정성 있게 이야기할 수 있는 방식이기 때문이다. 삶의 생성은 죽음의 소멸을 통해서만 오롯이 사유될 수 있다. 그러기에 "정에 취하고 술에 취하고 슬픔에 취"해 "버겁고 불안"하며 "고단한 세상"의 "멀고 먼 길"(「동행자」)을 더불어 함께 가고자 꿈꾸는 것이며, "사람의 울타리" 속에서 "사람이 사람을 여행"(「여행」)하는 동행으로서의 삶을 꿈꾸는 것이다. 그리하여 황성주의 "폭풍 같은 시간"은 실존적 운명을 확인하면서 그 심연을 탐사하는 시간이며, 주체의 존재 방식을 묻는 자리이다.

　　땀 흘려 일하게 해 주고
　　먹고 마시고 배설하는 즐거움을 누리게 해 주고
　　아이를 낳고 키우는 드라마를 연출하기도 합니다
　　하지만 이 다채로운 영혼의 축제도
　　죽음을 전제로 일어나는 물결이라
　　아프고 슬프지 않은 순간은 없는 것 같습니다
　　그래도 나는 저 고단한 골목 어디선가
　　떠도는 이를 따뜻하게 부르는 소리
　　들려올 것 같아 문을 열고
　　그리움을 찾아 길을 나섭니다

- 「영혼」 부분

황성주가 탐사해 들어가는 심연의 세계는 대체로 어둡고

불안하며 궁핍하다. 시인에게 "땀 흘려 일"하고 "먹고 마시고 배설하고" "아이를 낳고 키우"는 다채로운 삶의 드라마는 "죽음을 전제"로 하는 것처럼 근원적인 부재와 결핍으로서의 세계이다. 동시에 그 세계는 "복잡한 생리를 가진 이 거리"(「소양교육」)의 혼돈, "무료급식을 받으러 길게 늘어선"(「백치들」) 가난, "버림받은 강아지처럼 가혹하게 밀려"(「소외」)난 슬픔으로 인식된다. 그러나 시인은 그런 세계에 대해 향수와 애착을 동시에 지니고 있다. 시인은 "고단한 골목"을 떠돌 수밖에 없는 운명이지만 "그리움을 찾아 길을 나"서고, "아이들 세상을 향해 무리지어 날아가는 / 꿈"(「어느 노인들」)을 포기하지 않는다.

시인은 "쓰리고 고단한 이들이 많은 비탈동네"(「조화調和」)의 "거칠고 소란하게 / 울퉁불퉁 길을 찾는 중"(「나라」)인 것이다. 그런 가운데 시인은 자신의 존재에 대해 의문을 던지며 열성적인 자의식을 통해 서정적 명상을 수행해나간다. 인용 시에서처럼 부재와 결핍, 그리고 세계에 대한 향수와 그리움은 그의 시집에서 독특한 분위기를 형성한다. 그러한 분위기로 인하여 시적 정조는 구슬프기보다는 명상적이고 감정보다는 영혼을 염려하고 위로하는 데 바쳐진다. 그가 삶의 과정에서 체득해온 인간의 유한성과 결핍의 의식은 오히려 시인으로 하여금 사람이 자신의 의지와는 상관없이 내던져진 그곳에서 끝끝내 발 딛고 살아갈 수 있게 하는 희망의 시를 이루게 한다.

부연하자면 이 지상에서 "가졌든 못 가졌든 사는 건 힘"들고 "불안하게 쫓기는"(「닻」) 삶을 살아가지만, 시간의 소멸에 비애를 가지고 있지만, 그가 꿈꾸는 세계는 이 현실에서는 도저히 이룰 수 없는 이상 세계나 어떤 거대한 세계가 아니다. 그 세계는 "작은 집일지라도" "임신하고 출산"하여 "골목마다 아이들 소리"(「관계」)와 "아이의 맑은 웃음"(「웃음」)이 차오르는 그가 몸담고 살아가는 평범한 현실이거나, 비탈진 골목의 궁핍한 공간이거나, 우리가 쉽게 경험할 수 있는 일상의 세계이다. 시인이 그곳을 벗어난다 해도 그 행위는 달아나기 위한 것이 아닌 자신의 주위를 둘러보고 돌아오려는 의도, "비바람을 뚫고 돌아가 / 비단을 토하는 누에처럼 / 시를 쓰고 싶"(「외출」)은 욕망에 의한 것이다. 말하자면 도피가 아니라 자신의 운명을 다시 확인하려는 것, 이는 곧 자신이 살아 있음을 확인하는 일이다.

도시의 소리들이 사그러지는 깊은 밤이면
옥탑방 문인들은 기다렸다는 듯이
타다닥 탁 타다닥 탁 아름답고 슬픈
컴퓨터자판 두들기는 소리를
굶은 광대들 호흡처럼 시합처럼
또렷하게 들려줍니다
                                                    - 「아픔을 넘어 빛나는」 부분


죽이지 않고 살리려는 마음처럼
소중한 건 없지만
얼마나 어렵고 힘든 일인가

어둡고 음습한 비탈동네
단칸 사글세방을 전전하며
이런저런 바닥 일을 하는
궁핍한 사내에게 질려 도망칠 만도 한데

- 「살림」 부분

　시인으로서 자신이 살아 있음을 확인하는 일은 곧 시대의 가
장자리에서 삶과 세계를 정관하는 일이기도 하다. 시인은 세계
의 질서와 가치들에 대해 회의하고 성찰하고 고뇌할 수밖에 없
는 운명을 가지고 태어난 존재이다. 인용 시에서처럼 황성주의
시에서 발견할 수 있는 세계에 대해 회의하는 자, 고뇌하는 자,
성찰하는 자로서의 의식은 막강한 자본과 물신의 문화 권력이
삶을 공격하고 훼손하는 현실에 대한 뼈아픈 체험, 그리고 그
에 대한 저항의 방식으로서 시 쓰기를 감행할 수밖에 없는 힘
겨운 현실을 동시에 반영하고 있다. 시인의 시 속에 드러나는
시인의 실존적 자리는 "길가에 채소 몇 가지 내다 파는 꾀죄
죄한 아내와 / 옥탑방에서 시달리는"(「아픔을 넘어 빛나는」)
힘겹고 고통스러운 현실이다. 그곳은 "어둡고 음습한 비탈동
네"의 '궁핍'(「살림」)하며 "쓸쓸한 무덤 같은 곳"(「전화」)이
다. 시인이 처한 자리는 세계 속에 존재하는 소외와 불화의 양
식뿐만 아니라 이미 세계의 주변부로 밀려난 시 쓰기, 혹은 시
인 자신의 삶 자체의 위기까지도 반영하고 있다.
　그러나 그렇다고 황성주가 "치열한 소유욕으로 몸집 불려
온 이 거리"(「아픔」)에서 주변화한 실존성을 한탄하고 저주

하는 슬픔의 방식이나 적대감으로 피폐해진 절망의 양식, 비판과 탄핵의 형식과 목소리를 높인 것으로서만 존재하는 것은 아니다. 오히려 그의 시는 그 비극적인 시대의 모퉁이, 비탈진 삶의 골목, "어둡고 음습한 비탈동네"의 귀퉁이에서 강건한 꿈과 긍정의 요새로 축성하고 그 성가퀴 속에서 "타다닥 탁 타다닥 탁 아름답고 슬픈 / 컴퓨터자판을 두들기며" 세계에 대한 절망적인 응전을 전개하는 건강한 정신의 역설을 보여준다. 그 역설은 바로 사막같이 막막하고 궁핍한 시대의 현실에서 "죽이지 않고 살리려는 마음처럼 / 소중"함과 간절함으로부터 비롯하는 것이다.

현대적 삶의 지표가 자본의 사막을 횡단해 나갈 때, 시적 언어가 마음의 사막을 종단해 간다면 불안하고 상처받고 지친 삶의 형식은 따스한 온기로 위무받게 된다. 순환주기가 너무 빠르고 짧아져 새로운 것만을 생산해내는 시대에 시는 고루하고 더딘 호흡처럼 보일지도 모른다. 시대의 지배적인 지표가 감각의 직접성과 현란함, 자본의 기호로 독해되지만 시의 아우라는 시대의 심연이나 배후에 치고 들어가 그 심연의 적나라한 실체를 정관하고 그 꼴을 "또렷하게 들려"준다. 시대의 기호에 영합하고 비위를 맞추는 것이 시 쓰기가 아니다. 이처럼 황성주의 시 의식은 "천 길 낭떠러지"의 "쉴 곳 머물 곳 없는 밤바다"로 은유할 수 있는 시대의 후면에 위치하고 있다. 그 가파른 현실의 후면에서 시인은 "홀로 나는 외로운 반딧불처럼"(「통로」) 고독하지만 자유로운 비행을 감

행하면서 시대 전체를 정관하고 새로운 세계를 꿈꾸는 것이
다.

> 빌딩과 아파트가 넘치는 지금도
> 모서리로 밀려나는 이들은 남아 있다
> 피라미드 무게를 온몸으로 견디는 이들,
> 보리쌀 한 줌 넣고 멀건 시래기죽을
> 숱하게 끓였던 내 어머니 시절의 아픔이
> 지금도 질척질척 내려
> 고단하게 사는 자식들에게 주려고
> 여름 땀을 훔치며 물김치를 담그는
> 내 아내 손끝까지 흘러
> 아직도 피라미드 무너지지 않고
> 버티는 중이다
>
> – 「피라미드」 부분

시인은 "버티는 중"이다. '피라미드'로 은유한 자본 권력
에 의해 견고하게 축성된 세계의 '모서리'에서 시인은 힘겹
게 견뎌내는 중이다. 감각의 직접성과 동시성이라는 무기를
앞세운 자본의 압도적이고 달콤한 권력은 무의미를 확장하
고 새로운 억압기제로 부상한 지 오래되었다. 그것들은 우리
의 문화적 양식을 지배하는 새로운 권력으로 부상한 것이다.
자본의 권력은 우리의 무의식을 지배하고 정교하게 관리하
기 시작한 지 오래이다. 물신의 논리는 하이데거의 통찰처럼
우리의 존재 가능성을 균등화하고, 물화시키고, 획일적이며

타율적으로 규정해 버리는 것이다. 이때 개인은 완전히 무화되어 타자에 귀속되고 주체로서의 '나'는 사라지고 유령화된다. 이런 현실을 감내하면서 시인은 고통받는 사제로서 지혜와 아름다움을 선사하는 존재로, 우아한 그러나 초월해야 할 고통을 겪는 존재로서 남아 있으려 한다.

황성주의 시집을 읽으며 우리가 만날 수 있는 것은 언뜻 자의식의 감옥처럼 보이는 세계의 가장자리 모퉁이, 그 비탈진 골목길에서 치열하게 삶과 존재의 의미를 묻고 세상의 가치와 양식들을 비판적으로 성찰한다. 아울러 나아가서는 궁극적으로 하나의 온전한 인간 회복에 이르는 전망까지 꿈꾼다. 이는 시인의 너그럽고 아름다우며 자유로운 의식에서 비롯한다. 그의 시는 자본주의 문명의 온갖 악덕에 의해 더럽혀진 세계, 시인의 표현대로 "문학도 미술도 음악도 / 자본의 포켓 속에서 자라나는"(「사람이 남기는 건」) 현실의 세속적 일상의 상처들이 파편처럼 박혀 있는 인간에 대한 내적 심문의 양식이며, 그러한 존재론적 물음 속에 더욱 예민하게 불거져 나오는 시 쓰기에 대한 열정을 고백하는 일에 다름 아니다. 이를테면 그의 시는 "아픔과 슬픔 속에서 피어나는 / 축축한 목소리"(「시를 쓰시려거든」)의 형식으로 자리한다. 그의 시는 아픔과 슬픔으로 인해 상처처럼 벌어져 우리에게 상처를 입힌다. 그 상처와 고통의 부정성으로 인해 황성주의 시는 역설적으로 생명을 활성화하는 힘으로 작동한다.

시에서 검푸른 눈처럼 초롱초롱 빛나는 정수를 시안(詩眼)이라 하지만 황성주의 시에는 상처 입은 삶에서만 빛나게 살아나는 시 쓰기에의 열정, 비탈진 골목에 자리한 삶에 대한 사랑과 긍정을 유보적으로 담아내는 자전적 삽화들이 아로새겨 있다. 그의 시가 그려내는 자아의 형상은 늘 뿌리 뽑혀 있고, 그리하여 변방을 외롭게 떠돌고 있지만, 그 외로움과 서러움을 감내하면서 오히려 자신의 길을 꼿꼿이 지켜가는 시인의 삶에 대한 태도와 모습을 부조하고 있다.

> 푸른 달빛 아래
> 화려한 관冠이나 옷보다
> 집 앞 개울가에 핀
> 야생화를 그리워하는 당신은
> 연인에게 편지의 답신을 기다리는
> 애절한 가슴 같아요
> 흐르는 구름 위에서 보면
> 당신은 먼 바다를 흰 점처럼 표류하며
> 항구를 그리워하는 돛단배
> 거친 파도 비바람을 헤치며
> 사람들이 웅성거리는 포구에
> 가까스로 닻을 내린다 해도
> 당신은 여전히 긴 그림자를 이끌고
> 작은 섬 가파른 언덕을 떠도는
> 늙은 염소처럼
> 다시 먼 바다로 떠나려는

방랑자 같습니다

- 「방랑자」 전문

　한유는 「송맹동야서(送孟東野序)」에서 대개 만물은 평정을 얻지 못하면 소리를 내고(大凡物不得其平則鳴), 또 부득이한 것이 후에 말을 한다(有不得已者以後言)고 하였다. 평정을 얻지 못해 내는 소리, 부득이한 것이 뒤에 말을 하는 것처럼 시의 언어란 고요의 언어가 아니라 고요를 깨트리고 내는 소란의 언어이다. 이때 생동하는 소란의 실체는 생기하는 세계, 즉 평정이 깨진 상태를 의미한다. 시인의 내면에서 울려 퍼지는 소란스러운 시의 언어는 시인이 처한 실존적 상황 그 자체이며, 시인의 마음의 무늬, 가없는 정신적 지향처를 지시한다. 그러나 그 가없는 정신의 지향처, 평정한 고요의 세계는 가능하기나 한 것일까. 그렇지 못하기에 황성주는 들끓는 내면의 소란을 쓰는 것이다.

　인용 시는 내면에서 끓어오는 소란을 잠재우지 못한 채, 고요하게 정박할 수 있는 "항구를 그리워"하지만, 그곳에 "가까스로 닻을 내린다 해도" 끝내는 "먼 바다를 흰 점처럼 표류하며" 끊임없이 방랑하며 고독하게 떠돌 수밖에 없는 존재로서의 자신의 운명, 시인 자신의 자화상을 대면하고 있다. 시인은 자신의 운명을 "작은 섬 가파른 언덕을 떠도는 / 늙은 염소처럼 / 다시 먼 바다로 떠나려는 / 방랑자"로 규정한다. 시인이 어떤 거리의 어두운 골목을 외로이 쓸쓸하게 떠돌거나 또는 목적 없이 넓은 자연의 바다를 가로질러 표류하는 움직임, 이러한 수평적 이동은 마침내 저 높은 곳을 향해 조금씩 빗겨서 도달하려는 어떤 비상의 수직적 열망을 포함하는 것이다. 현실과 화해할 수 없다는 데서 오는 고통, 그 고통이 아무리 크다 하더라도 희망은 저 먼 곳에서 그보다 더 높이 날아오르는 것이다. 방랑자로서의 모습, 그러니까 시인의 자화상은 '먼 바다'로 환유한 지금 여기가 아닌 또 다른 세계로 가는 모습이다.

이는 어떤 목적이 뚜렷하게 정해져 있는 것은 아니다. 삶에서 삶으로의 이행, 또는 결국에는 삶에서 죽음으로 이르게 되는 그런 살아 있는 자의 떠돎일 뿐이다. 살아 있음으로 떠돌 수밖에 없다. 시인이 떠돌지 않는다면 그것은 살아 있는 것이 아니다. 그러므로 이러한 떠돎을 멈추게 되는 것, 항구에 정박하는 것, 닻을 내리는 것은 한계이자 끝이며 그것은 그에게 정신적으로든 육체적으로든 죽음일 수밖에 없다. 그러므로 방랑하는 움직임만이 현재의 삶을 삶 그대로 드러내 보여주는 것이다. 누구나 자신의 한계를 향해 춤을 추듯 가는 작은 발걸음이 있을 뿐이다.

물론 세계의 소리이자 현실의 실증인 소란은 세계를 읽고 사태를 응시하는 시의 눈은 깨어있음에서 비롯한다. 시는 침묵의 고요 속에 파동하는 소란을 감지할 때 세계 속에 드러나고 세계와 호흡하게 된다. 소란은 생의 사태이고 시적 언어가 발원하는 자리이다. 이 과정 속에서 시는 정태적인 고요나 침묵을 허락하지 않는다. 시는 역동적인 언어, 깨어있고 활동하는 말들이다. 고요 속에 소란을 숨기고 침묵 속에서 소란을 불러일으키는 분주한 말들인 것이다. 왜냐하면 소란만이 현실의 실증, 즉 살아 있음에 관한 시적 감각이기 때문이다.

삶의 형식은 때론 기쁘고 때론 슬프기도 한 것이지만, 삶에 대한 열망과 의지 쪽으로 향해 있기 마련이다. 인간은 눈물 가득한 현실에서 때론 소란스럽게 생에 대한 의미를 충실하게 감각하고, 때론 고요 속에 현실을 정관하면서 슬픔의 바다를 건너 기쁨의 세계, 영원의 세계로 진입하려 한다. 인간의 삶이란 "가파른 언덕을 떠"돌다가, "먼 바다를 흰 점처럼 표류"하면서 문득 생을 채우는 것이 아픔과 슬픔, 상처와 고통임을 직관하고, 저 적멸 같은 평정의 고요를 지향하게 되는 것이 아니겠는가. 황성주의 시는 이 변증의 이중 지점을 향해 있다.

김홍진 | 문학평론가, 한남대 교수

시와정신시인선 39

# 폭풍 같은 시간

ⓒ황성주, 2022

초판 1쇄 | 2022년 8월 25일

지 은 이 | 황성주
펴 낸 곳 | **시와정신사**
주      소 | (34445) 대전광역시 대덕구 대전로1019번길 28-7
          신창회관 2층
전      화 | (042) 320-7845
전      송 | 0507-075-2874
홈페이지 | www.siwajeongsin.com
전자우편 | siwajeongsin@hanmail.net
공 급 처 | (주)북센 (031) 955-6777

ISBN 979-11-89282-35-6      03810

값 10,000원